CD 1 Laufzeit ca. 1 h 6 min	1–2	Prolog
	3–14	Ein Mythos und sechs Klassiker
	15–20	Im Ormsumpf
	21–23	Drachengesang
CD 2 Laufzeit ca. 1 h 5 min	1–5	Nathaviel
	6–9	In den Katakomben
	10–21	Die Schuppenbücher
CD 3 Laufzeit ca. 1 h 8 min	1–13	Das Ormrakel
	14–17	Nathaviels Prophezeiung
	18–22	Im Rachen des Drachen
CD 4 Laufzeit ca. 1 h 6 min	1–6	Im Rachen des Drachen (Fortsetzung)
	7–19	Die Bücherwürmer
	20–21	Die Ormlinge
	22	Epilog

In bösen, dunklen, kalten Tümpeln
Wo alte Bücher Orm gebären
Die tief in toten Sümpfen dümpeln
Wo Bücherwürmer sich vermehren
Wo alle Fragen Antwort finden
Doch niemand seine Frage kennt
Dort soll sich jener Dämon winden
Den man den Bücherdrachen nennt

Ojahnn Golgo van Fontheweg
„Der Ormsumpf"

»Estra legte mir einen Arm um die Schulter. ›Hör zu‹, sagte er, ›wir wollen dich an unserem Erfahrungsschatz teilhaben lassen, mein junger Freund. Profitiere von unserer Reife und Erkenntnisfülle! Das bieten wir nicht jedem an.‹

›Allerdings‹, ergänzte Arka. ›Sei dir dieser Auszeichnung bewusst! Das ist wie ein Ritterschlag. Du bist ein Erwählter. Du könntest ein Ormling werden. Das ist etwas, wonach sich einige Eingeweihte in der Ledernen Grotte verzehren. Aber nur den wenigsten widerfährt diese Ehre.‹ Die anderen nickten ernst.«

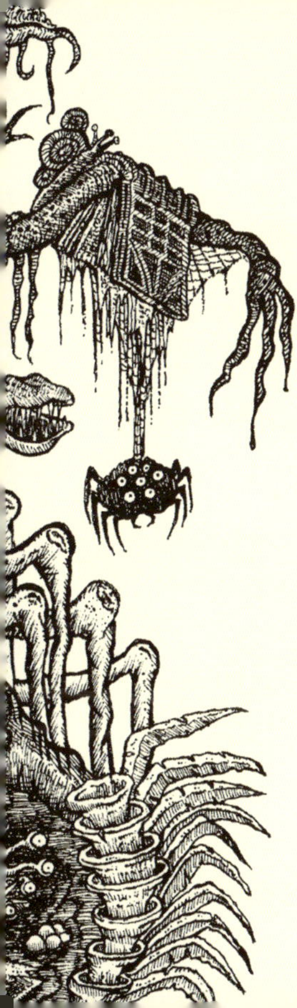

»Literaturwissenschaftler und Antiquare würden im Ormsumpf den Verstand verlieren, glaub mir! So viel unwiederbringliches Zeug, das unter den Händen zerfällt, es bricht einem das Herz. Es war wie über ein Schlachtfeld zu gehen mit lauter Sterbenden, denen man doch nicht mehr helfen kann. Das morbide Sumpfwasser zerstört irgendwann alles. Die Bücher waren teilweise auf doppelten und dreifachen Umfang aufgedunsen, platzten durch die Nässe aus den Nähten oder zerbrachen in dicke Brocken aus Pappmaché. Überall trieben einzelne Seiten, Papierfetzen und reichverzierte Buchdeckel in den Tümpeln. Vereinzelt wucherten kleine baumartige Gewächse aus dem braunen Wasser, robuste Luftwurzeln, dicht von Moos und Pilzen bewachsen, mit korkenzieherhaft verkrümmten Ästen, in denen Bücher hingen wie faulende Früchte.«

»Der Boden wurde immer weicher, auch das war etwas, womit ich bisher keine Erfahrung gemacht hatte. Meine Fußsohlen kannten nur steinernen Grund, Granit, Lava oder polierten Marmor. Aber jetzt hatte ich bei jedem Schritt das Gefühl, in etwas Feuchtes, Nachgiebiges, fast Lebendiges zu treten. Das verunsicherte mich. Würde ich beim nächsten Schritt einsinken? Oder beim übernächsten? Derart vorsichtig hatte ich noch nie meine Schritte lenken müssen. Ich hatte von Buchlingen gehört, die in sogenannten *Treibsandbüchern* versunken und erstickt waren. Das waren Ansammlungen von uralten Schwarten, die auf den ersten Blick völlig intakt erschienen, in Wirklichkeit aber so dehydriert waren, dass sie sofort zu allerfeinstem Staub zerfielen, wenn man sie berührte oder auf sie trat.«

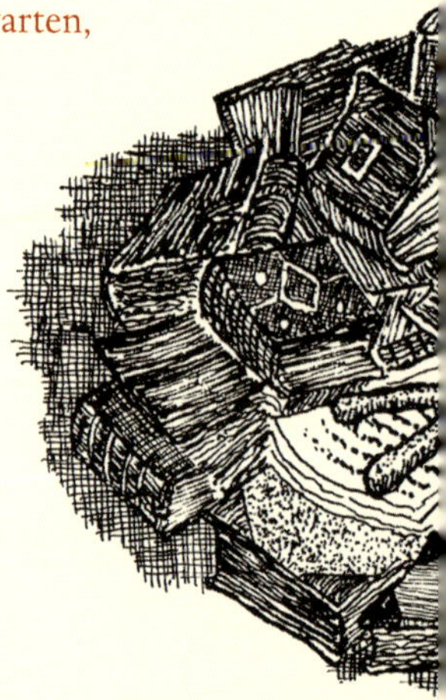

»Eine Tatze, so groß wie ein Tisch, klatschte direkt vor mir ins Sumpfwasser. Flatsch! Das Wasser spritzte in alle Richtungen, und mein Herz setzte für ein paar Takte aus. Die Tatze erschien mir wie die Hand eines Riesen mit drei Daumen. Durch diesen einen Schritt der Echse veränderten sich die physikalischen Verhältnisse ringsum dramatisch. Wattiger Bodennebel wallte in meine Richtung, der sumpfige Grund unter mir schwankte, und eine Welle von bestialischem Geruch brandcte über mich hinweg.«

»Der Drache beugte sich ganz nahe zu mir herunter und wisperte: ›Hast du schon einmal etwas so Schönes gesehen oder erlebt, dass du weinen musstest? Die brennenden Nebel an den Feuerfällen von Florinth? Die Todestänze der Irrlichter in den Rubingrotten unter den Quellen des Magmoss? Die Kristallharmonien, die in den Glaswindtriften in dein Ohr hauchen und dir dein Herz in kleine Stücke zerschneiden, mit gläsernen Dolchen? Jawohl, mein kleiner Freund: Es gibt ein Zwischenreich zwischen Schönheit und Schmerz, welches man *Melancholie* nennt. Auch so ein schönes Wort, es klingt wie eine kranke Blume!«

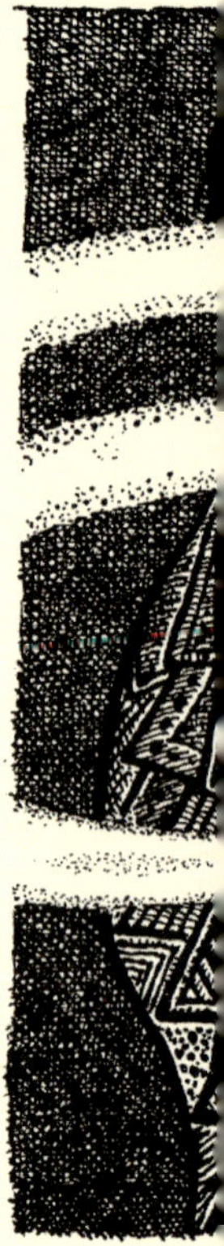

»Das war tatsächlich Estra! Er stand draußen, vor dem Gefängnis aus Zähnen, in dem ich schlaftrunken zu mir kam. Zusammen mit den anderen Klassikern Arkaneon, Eliastrotes, Eideprius, Steraphasion und Klosophes. Die sechs sahen völlig verängstigt aus, wodurch mir wieder zu Bewusstsein kam, in was für einer schlimmen Situation ich mich befand. Auf einmal war ich hellwach.«

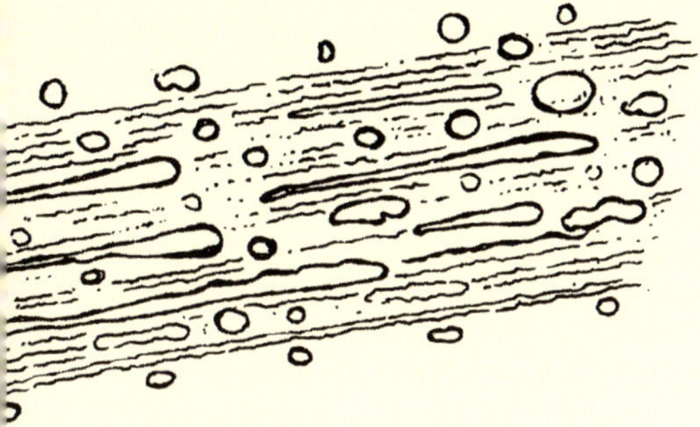

»Der Drache muss wohl geglaubt haben«, fuhr der Buchling fort, »von Bücherjägern oder anderen lebensmüden Abenteurern angegriffen zu werden, als er die Schmerzen in seinem Schweif und in seiner Zunge verspürte. Denn jetzt klappte er seinen Kiefer endlich auf! Er gab einen gewaltigen, rachitischen Laut von sich, den ich nicht zu beschreiben vermag, dann wurde ich auf einem gewaltigen Strahl aus Spucke aus dem Maul des Drachen abgeschossen wie eine Kanonenkugel.«

»Das war eine fremde Welt mit anderen Naturgesetzen, in der sich die Dinge entweder viel langsamer oder viel schneller bewegten. Und dennoch fühlte ich mich mit jedem Schwimmzug mehr zu Hause in dieser luftlosen Dimension mit ihren bizarren Bewohnern. Mein Gehirn wiederholte wie in einer Endlosschlaufe immer den gleichen Satz: *Buchlinge können tauchen. Buchlinge können tauchen. Buchlinge können tauchen.*«

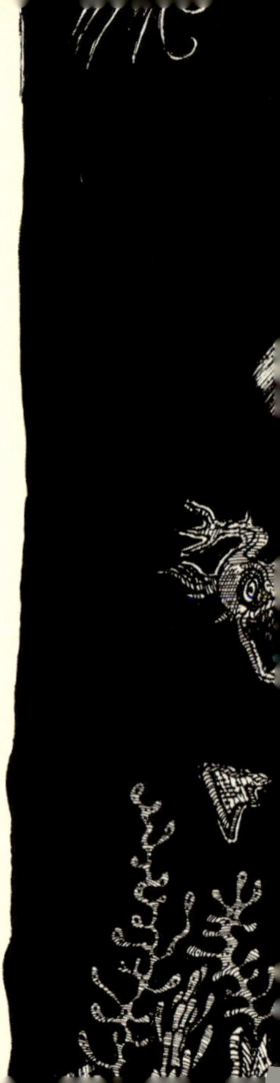

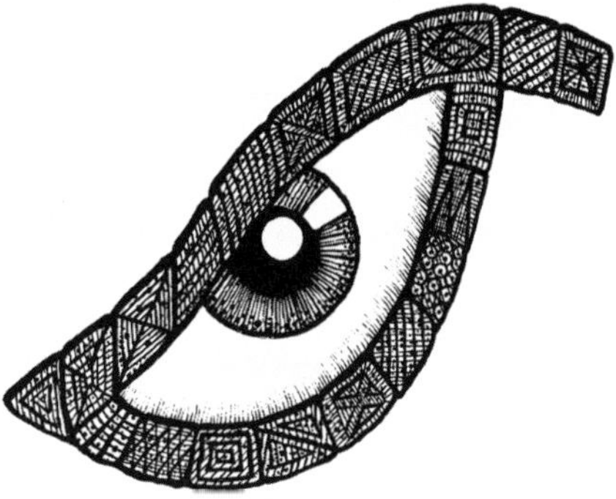

Gelesen von Andreas Fröhlich
Regie: Thomas Krüger, Technik: Simon Frei und Christoph Kube / Studio Wort, Berlin
Produktion: Der Hörverlag 2019

Der Hörverlag

4 CD · MONO · Gesamtlaufzeit ca. 4 h 25 min · Der Hörverlag 2019 · ISBN 978-3-8445-3323-1
Gestaltung von Oliver Schmitt, unter Verwendung der Zeichnungen von Walter Moers